나는 나의 다정한 얼룩말

이 원

나는 나의 다정한 얼룩말

이 원

PIN

010

차례

PIN

010

나는 나의 다정한 얼룩말

이원

시

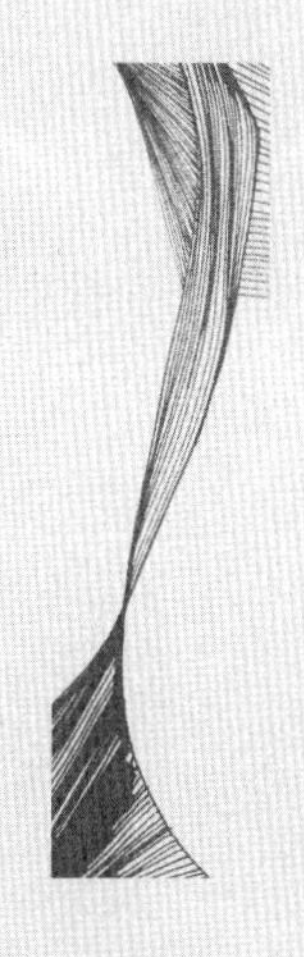

나는 어쩌다 쫓기는 사람이 되었나

그러니까요. 지금은 오랜만에 밤. 모닥불 앞에 멈춰 있어요. 불 너머에서 내가 보여요? 거기도 모닥불 앞이에요? 나는 아디다스 운동복을 입고 있어요. 불 가까이에서는 빨강이에요. 달린 모자를 뒤집어 쓰면 얼굴이 반쯤 가려져요. 메아리를 듣죠. 이렇게 멈춘 것이 얼마 만인지. 나는 밤과 낮을 몰라요. 나는 바래가는 소리였다가 고무 맛 나는 공기였다가 부서진 다정함이었다가 쉴 새 없는 깜빡거림이었다가 달걀 위 빗방울이었다가. 매번 들켰어요. 모르는 곳으로 왜 못 달아났냐고요? 나를 잡는 끈적이는 것이 있었어요. 빛처럼 거품처럼 녹는 것이었어요. 그래요!

내가 잡고 있었어요. 하루는 일생과 닮은꼴이잖아

요. 그래서 어려웠다구요. 아 다시 다시 할게요. 나는 아디다스 운동복을 입고 있어요. 목부터 발목까지 세로로 그어진 흰 줄이 마음에 들어요. 아아 어미를 고칠게요. 나는 아이다스 운동화도 신고 있습니다. 아니 사실은 흰 꽃이 그려진 복고풍 빨강 나이키 운동화를 신고 있습니다. 어미를 고칠게요. 발모양이 마음에 들지 않아. 신발의 위치가 마음에 들지 않아. 숲을 지났어. 색표처럼 쉴 새 없이 쫓겼어. 원은 언제 만들어지지? 손 내밀면 덥석덥석 잡았어. 죽음은 한 표정이어서 안심이 되었거든. 죽음의 손바닥 알아? 간결해. 물컹거려.

아 다시 다시. 보고 싶은 것들은 죽은 것들이에요. 거기다 대고 후후 숨 불어 넣고 싶잖아요. 내가 살았으면 거기도 살아나겠죠. 멈출 수가 없었어요. 다시 다시 말할게요. 죽음이 손 내밀면 잡고부터 봤어요. 눈물은 그때만 생겼으니까요. 펼쳐진 곳은 고요한데 들어갈 수 없었어요. 어느 날은 백다섯 살이었다가 어느 날은 다섯 살이었다가. 바로 앞 바로 뒤 이런 심심한 놀이었죠. 열렬한 도깨비불이 되고 싶어. 나는 중얼중얼이에요. 안 그러면 나를 재울 수 없어요.

나는 어쩌다 쫓는 사람이 되었나

아디다스 운동복을 입고 있다. 줄은 수직으로 떨어지는 흰색이다. 불 앞에서는 빨강이라고 착각한다. 계속 헉헉거리며 뛰고 있다. 등이 파인다. 거기에 공을 던진다. 공은 초록이었다가 빨강이었다가 검정이었다가. 웃기는 말 가게 같다.

데워지지 않은 빛 속으로 뛰어든다. 팔을 쭉 뻗어 손이라고 느껴지는 곳을 잡거나 잡히는 포즈를 자주 한다. 한밤에는 숲의 공동묘지로 들어간다. 한 손에 돌의 질감인 책과 휴대폰을 성경과 찬송가처럼 끼고 나를 아는가? 여기에 모르는 사람이라고 쓰여 있어서, 말을 안개로 풀어놓는다.

(오랜만에 모닥불 앞에 앉아 있다. 높은 의자 발걸이에 발을 올려놓은 것 같은 포즈. 몸이 빈 피부처

럼 쪼그라들고 있다. 어깨가 귀밑까지 올라갔다 내려갔다 한다. 점점 크게 뚫리는 몸 안이 캄캄하다. 한밤의 구름은 어서 삼천 번만 흘러가라. 중얼중얼 한다. 영락없이 비대해진 날갯죽지만 남은 새다.)

제자리에서 뛰고 있다
제 등 뒤에서 뛰고 있다

손은 앞발로 돌아가려 한다

목에 걸린 덩어리처럼 목구멍에 걸린 뿔처럼 불룩해
지는 소란처럼 동시에 일어서는 가로와 세로처럼 빠
지고 있는 꼬리처럼 쓱쓱 지운 물기처럼 다시 그린
항문처럼 반만 걸쳐진 입술처럼 쏟은 밥처럼 한꺼번
에 핀 장미처럼 노랑부터 디뎌 와 다음은 주황 다음
은…… 멍은 삼키지 않는다 잊지 않은 목덜미는

한 번만 당겨줘 제발

걷어내야 한다. 알던 표정밖에는 못 짓는. 여전히
뼈라고 부르는 그곳에 서서.

앞발로 돌아가려는 손은 손을 위로 들어 올리며
기어이 처음 보는 표정을 지어보는 것이었는데

어어, 대지는 미리 부풀어 오르지 말라니까 한 올도 들어 올리지 말라니까

테니스를 칩시다

라켓 손잡이에 한 손

한 손 밑에 바로 또 한 손

모든 것은 라켓에게 달려 있었을까요?

배 부분의 그림자에 한 발

뒤꿈치가 땅에서 떨어진 또 한 발

그림자는 한결 방어적인 모습이었을까요?

성근 그물이 횡격막처럼 가로막고 있고

그물 위로 날아오르는 공을 룰이라고 불렀을까요?

성근 그물 너머 또 한 사람

발끝에서부터 그림자는 시작되었고

그림자는 왜 발까지는 만들지 않고 있었을까요?

제 키를 넘어가는 공의 방향으로 휙

고개를 꺾는 중이었고

공은 아마도 룰을 몰랐을 거야 이러면서였을까요?

U와 I의 게임인데 공은 왜 U 너머로 보내졌을까요?

때마침 이 풍경의 바깥으로
나가는 계단이 열 개
계단이 끝나는 곳에서 소녀가 폴짝폴짝
뛰어가고 있었고

잔디는 번지는 초록이고
나무들은 하나같이 축축한 혓바닥을 내밀었고

파도 소리 가까운 곳에
큰 새장

그만 그만

이제
테니스를 칩시다

들리지 않는 소리가 확실히 보였고

뉘앙스

나는 너를 놓치지 않기 위해 매일 달렸다
입을 벌리면 바보 같았고
입을 다물면 진흙이 번졌다

뻘 속에서 뛰는 것은 생각보다 어려웠다

열정적이네요
쇄골까지 들락날락하면서 말이죠

거기까지예요
사람들이 쭉 뻗은 팔에 달린 손바닥을 세우며 말했다
손금을 읽어내라는 테스트를 하듯이 말이다

에스카루고라 포르테리오
너머의 이름을 발음해봐

느슨해진 너의 입술을 움직여서

어깨를 아가미처럼 들썩이며 나는 말했다

매너란 말이죠
손바닥 세우는 동작을 한 번 더 반복하더니
유리문으로 사람들은 말끔하게 사라졌다

나는 너를 놓치고 싶어
주먹으로 눈물을 닦으며 매일 달렸다
그림자가 그토록 말리는지도 모르고 말이다

그리고 몇 생에 육박하는 시간이 지난 어느 날
어떤 언덕 앞에 갑자기 멈추게 되었다
—사실은 절벽이었다 놀랍게도 봄이었다—

똑같은 색으로 부들부들 떨고 있는 내게 네가 말했다
—절벽 아래로 목이 꺾였고
여전히 먼 곳의 풍경이 보인다는 듯이
이마에 손차양을 드리우고 있었다—

어제 새로 산 반지야

투명부터 끼워봐

얼룩말은 불행하다는 관점

매일 밤 악몽이 계속되는 것. 악몽을 흔들어 깨우기 위해서는 계속 잠들어야 한다는 것. 눈을 뜨면 낯선 손이 등을 쓰다듬고 있는 것. 생시까지 따라온 것. 얼룩말에 검은색을 칠하는 크레용이 되는 것. 다음에 맞을 차례라는 예감을 만들어내는 것. 낯선 곳에 혼자 있게 되는 것. 엄지와 검지를 쉴 새 없이 부딪치는 것. 폐쇄한 출구를 못 찾는 것. 느닷없이 싱싱한 나무가 되는 상상으로 이동하는 것. 두 손과 두 발을 흔들며 인파 속을 헤치는 것. 모퉁이에서 접히는 시늉을 하는 것. 최종의 구원은 슬픔이라는 고전적 정의를 놓아보는 것. 모닥불을 피우는 스카우트 단원이 되는 것. 도깨비불을 보는 것. 불과 짐승이 만든 그림자에게 울며 비는 것. 조아리는 것. 계속 고아가 되겠다는 맹세를 하며 탈출을 시도하는 것.

진술

—참을 수 없었나

—속이는 일이 가능할 것이라고 생각했나

—모두 잃어버리는 것이 가능하다고 생각했나

—주머니를 쉴 새 없이 뒤집어 보였나

—혀까지 빼물어 보였나

—주머니는 옆구리에서 자꾸 생겨났나

—혓바닥을 뒤집힌 주머니로 볼 수 있는가

—발바닥 손바닥 아직 투항하지 않은 증거로 볼 수
　있는가

—장미 옥상 연못 같은 층위의 투신으로 볼 수 있
　는가

—투신의 층위를 어떻게 매길 수 있는가

—몰라보고 싶었나

—벗어나면 몰라볼 수 있게 된다고 믿었나

—뼛속까지 물들었다면 어떡하려고 했는가

—끝까지 동일한 형태면 어떡하려고 했는가

(허공에 손사래를 치며,

쓸데없는 소리

아직 운동화도 못 벗었는데)

—허공을 반으로 접었더니 종교가 탄생했는가

(이런 바깥쪽으로 접었군 그러니 구원이 생겨났지)

—끊고 싶었나 이어 붙이고 싶었나

—풍경이 탄생할 줄 알았나

—하늘은 푸르고 허공은 투명하고 땅은 단단하다

에 기반하였나

—창문의 연대를 정확함이라고 믿었나

—점점 많아지는 것을 눈치채지 못했는가

—늘어나는 수만큼 표정을 개발해야 한다는 것을

인지하지 못했는가

—투명한 컵에 담기는 물이 되는 노력을 하루에 몇

분이나 했는가

—쫓아오는 발소리를 구별하려는 시도는 해보았는가

—중앙선이 정지 표지판을 내포하고 있다고 믿고 있었나

—모든 등장인물은 누구인가

얼굴 양쪽

귀가 느리게 흘러나오고 있었다

거의 눈이 올 날씨

여러분인 나는 당신들인 나를 만나서

개구리알 같은 눈물이 눈 끝에 매달린 존재를
생각해봅시다
위쪽이 검고 아래쪽은 하얀 꼬물거리는 것들을
상상해봅시다
기타와 피아노 중에 하나를 선택합시다
기타 연주는 오른쪽 스피커에서
피아노 연주는 왼쪽 스피커에서
오른쪽 귀를 막으면 피아노 연주가 들리고
왼쪽 귀를 막으면 기타 연주가 들립니다

울음은 닮은 모양인데
입에서 나오는 말은 달랐어요
다알리아를 믿기로 했어요

울음의 발음 같잖아요

울음을 믿기로 했어요

한쪽 귀로 울음이 흘러들면

반은 얼음이에요

반은 붉음이에요 피어나려나 봐요

혼자라는 것이 어려워

한 손으로 차를 따르고 한 손으로는

차를 마셨어요 계속해서

노란 물인데 꽃에서 나온 것이래요

꽃에서 나온 것을 마시는 나는 누구인가요

맞은편이 있어요 창에 대고 속삭입니다

죽은 당신 죽은 친구 죽은 나무

죽은 나무 죽은 나무 살아나는 나무

계속 셀 수 있습니다

나도! 나도!

어떻게 했겠어요
소리가 있는 곳으로

나도! 나도!
죽음은 환호밖에 모르는 입이에요

죽은 자는 말이 없지
충동이 없다면 죽은 거지

내일 꼭 만나요

얼룩말 지우개

아주 가까운 사이였습니다만

비집고 들어올 것이라고는 빛밖에 없는 사이였습니다만

하나의 촛불 모양이었습니다만

촛불은 꽃봉오리로 상징됩니다만

상영관의 어둠은 고르게 펼쳐져 있었습니다만

푹 파묻힐 수 있는 붉은 의자는 계속 준비 중이었습니다만

덜 굳은 뼈로 인해 영화는 시작되지 않고 있었습니다만

무덤 속 자장가 같아 설렜습니다만

이마에서 피처럼 뜨듯한 것이 흘러내리고 있었습니다만

모르는 곳으로 흘러가는 것을 별이라고 부르게 되었습니다만

꽃봉오리에서는 꽃이 나와야 마땅한 것입니다만

물러터진다면 한곳에서 벌어진 일이었습니다만

사과는 폭발한 얼굴의 내부임을 알게 되는 순간이었습니다만

숨이 막혀서 고개를 젖혔습니다만

피자 치즈처럼 쭉 늘어났습니다만

시원한 느낌이 들었습니다만

거울이 있는 거리를 지나가게 되었습니다만

하필 그때 거울을 보게 되었습니다만

그/그녀의 얼굴이어서 그녀/그는 목소리를 꺼낼 수 없었고

마침 버스가 왔고

허공이 누른 붉은 버튼이 켜졌고

그/그녀/그는

좌우를 따질 사이도 없이 한 팔을 들어 올렸는데

마침 경쾌하게 겨드랑이가 쭉 찢어졌고

「얼룩말 지우개」에 덧붙임

사이. 말한다. 예뻐요. 벨벳이거나 파충류거나.

의자. 연습한다. 무한에 가까워져요.

내일의 위치가 돼요.

무덤. 반복한다. 하염없이 흐르는 꽃밭과 구름.

서로의 웅덩이처럼.

영화. 엔딩 크레디트가 계속 치밀어 올라

음악은 멈추지 못한다.

하필. 마주한다. 마침과 오른손 왼손.

먼저 내미는 손이 돌아서는 손.

좌우. 쓰다듬는 시늉을 한다. 미끈거리는 초록에서

꽤 떨어져서 말이다.

거울. 목구멍을 벌려본다. 메아리를 갖고 있는 것처럼

사과. 어긋나기로 한다. 지문처럼. 번짐처럼.

잠금화면처럼.

내부. 멀어지고 있다. 가장자리까지 희미해진

너의 입술.

버튼. 누른다. 사라진 목소리. 계속 돌아오는 메아리.

폭발. 새벽이 왔다. 이마가 왔다.

눈 내린 숲. 꼬리만 남은 발이거나 정면이거나

벽에 대고

슬픔에 성냥을 그으면
작고 빨간 요정의 머리부터 타들어간다

잊을 만하면, 어머니 목소리

—애야 네가 꾸민 짓이구나 엄마는 아직 여기 있는데
—도깨비불은 사라지지 않아요
내가 스카우트 복장을 벗지 않는 한
—우리는 어둠을 물어 날라요 어디로요?
—어둠으로요(합창)
—얼룩은 닦을 수 없어요 끝까지 스민 것이니까요
—얼룩은 닦을 수 있어요 끝까지 스민 것이니까요
(입만 벙긋벙긋 합창)
—후두둑 빗방울 가로등 검정 속 빨강
—꽃잎! 얼룩이군요
—태생이 그 용도였어요(메아리)
—다 아는 얘기
—너에 대해서도 다 아는 얘기(맹렬하게 합창)
—도깨비불. 엄마
—여기 남은 손. 손들 들어봐

—손. 손들은 발로 돌아갔어(합창)

—누가 내 허락도 없이

(쯧쯧 혀 차는 소리는 대지에서)

—거의 모든 나인

—거의 모든 나인(소프라노 파트 메아리)

—거의 모든 허공인

—거의 모든 당신인(알토 파트 메아리)

—아아아아(메아리)

—아아아아(원본이라 추정되는)

(두 팔을 위아래로 엇갈려 뻗으며)

(한동안 박수 소리 사이로 빗소리)

—얘야 너는 헛것을 봤구나 엄마는 여기 있어

자장자장

—불도 아니면서 하나도 아니면서 엄마인 척하기는

—맨 나중에 잃어버리게 될 단어가 무엇이니?

—나는 새 책가방을 멨을 때처럼 뽐내고 있다구요

—계속 말하렴 나는 간다

—얘야 이제 그만 말을 멈추렴

—그럼 나는 무얼 잡고 견디나요

—허공에 붙었다 떨어지는 꽃잎

허공을 베고 가는 흰 줄

무너지는 폭설

—중력을 옮겨봐 그 느슨한 것을

나는 나의 다정한 얼룩말

나는 24일이고. 안경을 썼어

걸었어

펄럭이는 망토가 입혀지면서

나타난 것은 우연

점점 길어지는 비닐 망토를 입은 장엄한 꼬마처럼

흰건반 다음 흰건반 다음 흰건반 다음 검은건반.

바로 거기

모두 손을 씻고 돌아간 광장 같았지. 발이 멈췄지.

공손하게

나라는 날씨는. 나라는 허공에. 발레를 시작할 듯이

꼬물거리는 핏덩이 복장이 된다

회의주의자로 규정되고 싶지만 퉁퉁 불은

신발만 보면 신어

사실 퉁퉁 불은 신발만 보면 울어

뒤뚱거리며 제단을 옮기는 우스꽝스러움

이유를 몰라 무서워

아 하고 입이 비명을 지를 때 찢어지는 입술은

확성기 모양

이거 이거 절박한 키스가 될 수 있다는 신호

키스! 키스!

우선 껴안자

나는 나 몰래 다녀온 곳이 많아. 여기가 끝 이번이 끝

그런 이어지는 마침표 마침표 마침표

오이를 먹고 초록 풀에 게우고

나는 나 몰래 파도. 플라밍고의 다리를

뎅강뎅강 자르며

움직이는 것들은 사라지지

세 걸음 가서 답하는 척

감기는 것은 잘린 다리 마음이지

당근을 초록 풀에 놓아보는 척

손을 내밀어봐. 안을 수 있어. 24일은 이토록 고요해

풍선을 삼키는 식도의 심정으로

이리로. 와봐

가자. 저기로

눈동자는 구름 속에. 두 손은 목 속에

주름은 왼쪽 다리 뒤에

완벽한 타이밍

입을 다물고. 입술을 늘여봐. 조금씩 열어질 거야

공기 한 방울에 갇힐 때까지

두드리는 무엇이 올 때까지

우리가 보일 때까지. 너희가 가라앉을 때까지

주사위는 사라진 목소리에

자정에 시작해 새벽에 끝나는 걷기. 95페이지

생존 배낭

오른쪽에 달린 포켓에
비둘기의 빨간 발 다섯(용도는 모를 것)
왼쪽 작은 포켓에
보이지 않게 스쳤던 뺨
(결국은 손가락을 넣었다는 얘기
여섯 번째 손가락 구부러진
일곱 번째 손가락
손이 딸려 왔는지는 알지 못한다 손과 손가락의 문제)
배낭 안에는
어깨를 덮어줄 언제나 더 진한
초경량 어둠(맨 아래에 있어 거의 꺼내기 어렵다)
그림자에 부을 때만 금빛으로 끓어오르는
한 움큼 모래주머니
(다져진 칼날이거나 귀가 깨진 바늘이거나
'비로소 마주 봄'이거나)

손바닥 크기 노트
(필기구를 잊어버렸다)
20cm 나무 자
(재보고 싶을 때가 있을 거야. 잴 수 없는 것에 대고)
덜그럭거리는 철제 상자
상자에는
허공에서 모아둔 것들
(상자를 열지 않고
꽃잎과 눈발을 맛보는 것은 적막이 남았을 때만
찾아오는 행운)
허공용 크레용
(아직도 창이라는 심심한 네모를 그릴 수 있다)
만난 적 없는 스무 살 엄마
파란색 고무 링
(무서우면 던지는. 빨강으로 돌아오는.

사실은 빨간색)

3초

그리고

바로 다음

(어느 쪽에서 보나 구원)

날씨 샘플

미끄러짐 패턴

(차곡차곡 겹쳐. 산악 물 모래 어디에도 강한)

오들오들

오돌오돌

구두점들

(보이지 않게 스쳤던 뺨에 돌돌 말아

미끄러짐 패턴에 넣고

또 돌돌 말아 오들오들과 오돌오돌 사이에

끼워 넣었다

식용 파종용 겸용)

그리고

('그리고'는 중요한 곳에 사용된다. 마침 지금과 같이)

떠날 때 등과 가장 가까운 곳에

테두리는 파랗고 안은 하얀 엑스표 푯말

기다리세요. 다가오지 마세요.

그리고 멀어지지 마세요.

(최후의 카드. 구원 요청)

지우개를 만드는 가내수공업자와 얼룩말

제법 큰 직사각형 나무 테이블이 딱 하나 있는 세 평의 공간. 이들은 보기 좋았다. 서로는 말이 없었지만 서로가 든든했다. 다루는 재료는 하나같이 예민한 것이어서 고도의 섬세함이 필요했다. 참을 수 없는 것까지 참아야 했다. 하나를 완성하기까지 오랜 시간이 걸렸다. 그런 묵묵한 나날이 이어졌고. 가내수공업자의 뺨으로 주르륵주르륵 눈물이 흘러내리던 어떤 밤 얼룩말은 태어나서 처음으로 몸통 전체를 수직으로 뻗어 올렸다. 천천히 가내수공업자의 머리를 제 갈기처럼 쓰다듬었다. 가내수공업자의 눈물에는 소리가 없었고 얼룩말의 배에는 얼룩이 없었다. 이런 감촉이 있구나 가내수공업자는 그 순간 얼룩말이 무지개색을 가지고 있다고 느꼈다. 둘만의 착각인지 모두의 사실인지는 모른다. 다만 세 평 위 높은 허공에 거대한 미러볼이 나타났고

미러볼 속에는 이들이 있었다. 무지개 스펙트럼이 미러볼에서 비롯된 것인지 이들에게서 비롯된 것인지에 대한 의견은 분분했지만 '나타남'은 사실이다. 옥상에 올라갔다가 인생 최후의 순간과 맞바꾼 존재가 이 풍경을 찍어 자신의 ★그램에 올렸기 때문이다. 그는 사진 아래 #기적인가 #몰락인가 #스페셜에디션이라는 해시태그를 걸었다. 삽시간에 많은 이들이 댓글을 달았는데 아무 설명 없이 그려진 ★ 서른 개, 오오 미침? 당신도 이 세계를 떠날 때가 되었네요, 이 시각 평양냉면을 기다리는 '동무밥상' 사진을 링크한 뒤, 잠깐 넘어갔다 오시오라고 쓴 문장도 있었다. 생각보다 어떤 밤을 반납한 인물들은 많았고. 우리의 인생에는 모르는 순간이 자주 나타난다는 것이다!라는 댓글도 등장했다. 그중 베스트는 '엄지면 된다. 이것이 니체적 비장미라고 할지라도 말이다.' 여기에 '좋아요'가 1861개가 달렸다.

시약장

01

큰 테이블이 하나. 열 명이 앉을 수 있다.

열 마리는 앉지 않는다.

아무도 오지 않을 때는 혼자 앉는다.

의자 아홉 개가 남는다.

열 마리가 와도 의자 아홉 개가 남는다.

01

두 블록 가면.

유리에 길게 검은 엑스 표가 그어졌고.

빈 곳. 이라고 써진.

거기에 코를 박으면. 숨죽이고 있는.

뛰어들면 멈추는 의자의 세계에서

두 블록 가면. 홀로 있는 나무. 잎들이 엉키고 있는.

점점 새파래지는.

두 블록 가면. 바람 인형.

자신이 아직 어린아이라고 생각하는.

두 블록 가면. 교차로.

오늘은 사선으로 건너가는 존재가 된다.

왼쪽 어깨에서부터 오른쪽 어깨를

배반하는 존재가 된다.

나뭇잎에서 바람을 분리해내는.

건반을 뛰어오르며 간격을 없애는.

스펙트럼이 된다.

01

실로폰 준비. 색은 터질 준비.

두 블록 가면 벗겨진다.

어머니 전화

빗금을 치시오
빗금을 치시오
빗금을 치시오
빗금을 치시오
빗금을 치시오
빗금을 치시오
빗금을 치시오
빗금을 치시오
빗금을 치시오
빗금을 치시오
빗금을 치시오
빗금을 치시오
빗금을 치시오
빗금을 치시오
빗금을 치시오

빗금을 치시오
빗금을 치시오
빗금을 치시오
빗금을 치시오
빗금을 치시오
빗금을 치시오
빗금을 치시오
빗금을 치시오
빗금을 치시오
빗금을 치시오
빗금을 치시오
빗금을 치시오
빗금을 치시오
빗금을 치시오
빗금을 치시오

빗금을 치시오

(이하 147번 반복된다)

엄마 있는 줄 알았는데 엄마 오래전 퇴장하고
어머니 등장 어머니는 둥글게 근엄하다 입술은
한 번도 발음하지 않은 말

아직
목소리 없이 말할 수 있다

20F/B9

새가 휘파람을 불었다
사람에게 말 거는 것이다

은행 주차장에는
검은 승합차 두 대가 나란히
나머지 네모는 다 비었다 파란색 선 안에
흰색으로 경차
핑크색 선 안에 핑크 치마
칠해진 파란색에 장애인 표시

새가 주룩주룩 떨어졌다
사람이라면 볼 수 없는 곳에서

사과파이는 오븐에서 방금 꺼내졌다
구석이라고 부르며 앉는 사람이 있었다

발은 얌전했고 손은 갈고리 같았다

글러브와 글러브 사이 (숨은) 토끼가 되어

지상 20층에서
지하 9층을 만드는 일

같은 벽을 사용하며 첨벙 뛰어드는
나무는 우는 머리들 같지
아냐 아냐 미련을 거절하지 않은 채로

타이어처럼 빠져나간다

선수는 입장하지 않은
게임

리벌스 영웅

벗겨내는 중
칠하는 중

껴안고 있는

80km의 속도를 알고
80km가 될 수는 없는

낮에는 무리의 표시
밤에는 위장의 표시

반파된
반파의

반만

비는 중
달래는 중

뿌리치는 중

뺀은 손으로 돌아오는 손을 만드는 중

얼룩덜룩 한 쌍

녹지 않는 울음
배달부

/의/

눈사람 주머니

수칙

하나

천사를 구성하려면 둥글게 깎아야 합니다

둘

유선형이라면 유령에 가깝다 외계로부터 온 어미는

삼킬 수 없다

셋

성호를 그읍시다

검은자로 볼 거야 흰자로 볼 거야

부터 결정

사라진 다음에 남겨지는 사람

(속삭임)
얼른 주차장으로 가봐요 태워줄지도 몰라요

이럴 때는
양손으로 목을 감싸고

검은 새. 웰컴. 바이
(빠르게 발음한다)
(눈은 절대! 절대! 깜빡거리지 않는다)

다음 폴더
당신보다 약간 작은 당신과 약간 큰 당신

PIN

010

빨강과 입술, 어긋나면 연주

이원

에세이

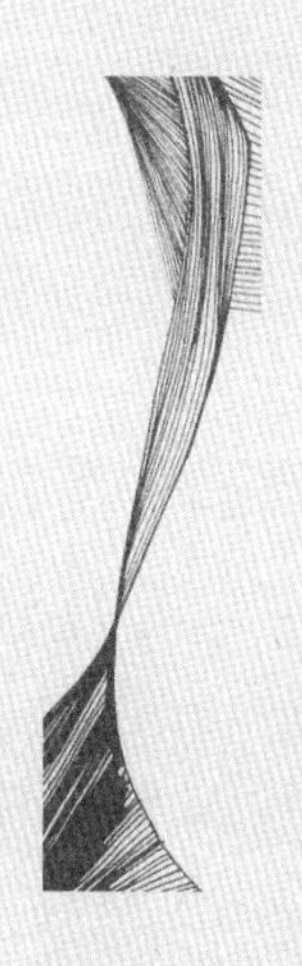

빨강과 입술, 어긋나면 연주

>

한 점으로 시작되었다. 한 점 한 점이 순식간에 허공을 채웠다. 허공에서 눈은 녹지 않는다고 쓴다. 녹을 것이다.

>

지상에서 사라진 눈을 떠올리는 순간. 눈이 눈을 덧입고 몰려오는 순간. 사랑이거나 상실이거나, 별이나 단추라고 불러보고 싶었던 순간.

>

출발하자마자 눈이 내렸다. 택시 기사가 빠른 속도로 말했다. 나는 방송에도 나왔던 사람이다, 사람들이 너무 알아봐서 요리사를 그만뒀다, 나는 못 하는 요리가 없다. 아 그러셨구나 한마디 거들었다. 산간 도로로 접어들자 눈발이 더 굵어졌다. 한시도 쉬지 않고 자신의 얘기를 하던 기사가 미술관에는 왜 가냐고 물었다. 꼭 볼 전시가 있다고 하자, 거기만 가면 재미없어요, 옆에 김창열미술관 있어요, 거기도 가세요, 그런데 얼른 보고 돌아와야 됩니다, 이번 겨울 제주는 난리예요, 고립될 수 있어요, 기사는 말하고 말하고 또 말했다. 미술관 입구에 들어섰을 때 세상은 온통 폭설이었다.

>

우리가 제주의 거기를 꼭 가야 해요, 곶자왈. h 선생님은 지난가을 얘기하셨다. 그림 보러 갈 때 꼭 연락해. 전시를 기획한 친구는 서울에서 여러 번 문자메시지를 보냈다. 빨리 숙소로 돌아가셔야 합니다. 택시 기사의 신신당부. 미술관 커다란 창에서 정원을 내다보았다. 몰려오는 눈 사이로 말들이 반짝였다. "글만이 침묵을 지키면서 말하는 유일한 방법"이라고 파스칼 키냐르는 썼다. 눈을 본다. 눈이 된다. 눈을 물들이는 눈물. 빨강이 된다.

>

하양과 빨강은 동일하다. 언 것이 녹는다. 빨강에서 하양으로. 하양을 볼 때 안에서 빨강이 올라왔다. 쇠 맛이 난다.

>

입에서 나오는 것이 하양이면 좋겠다. 입술을 열어 탈출시키는 것이 하양이면 좋겠다. 내가 씻겨서 말갛게 해서 말이다.

>

겉이 얇으면 옷이든 마음이든 잘 비친다. 겉이 두꺼우면 속이 잘 안 보인다. 겉이 두꺼운 사람은 속을 잘 알 수 없다. 반대도 있다. 그런 사람은 속을 투명에 가까워지도록 해야 한다. 잘 비치면 자꾸 속 없어져야 한다. 나도 그래야 한다. 내내 어려운 것. 입과 입술 사이. 한 점 한 점 감각. 입술에 머무르기. 속으로 쓰는 것. 빨강과 하양 사이. 빨강이 하양이 되기까지.

>

e-book을 꽤 읽는 편이지만 읽다 마음에 들면 종이책을 다시 주문한다. 멈추고 싶은 문장에 밑줄을 긋고 싶기 때문. 밑줄은 어김없이 빨간색만 사용한다. 읽는 즉시 줄을 긋는다. 되돌아가 긋는 경우는 거의 없다. 빨강과 밑줄은 동시에 일어나는 행위다. 뜨겁게 닿는다. 불과 살.

>

빨강을 많이 지녀요. 그러면 좋아요. 들은 적이 있다. 그 말이 끝나자마자 나 빨강 좋아하는데 했다. 그리고 자꾸 빨강이 선물로 왔다.

>

문득. L 사진작가에게 선물을 받았다. 무용수의 뒷모습이 찍힌 사진이다. 민소매와 짧은 반바지의 빨간 점프슈트를 입은 무용수는 두 손을 머리 위로 올리고, 토슈즈를 신은 발로 섰다. 발끝으로 선 완벽한 비례 속이다. 손은 지워지고 손목까지만 찍혔고 파인 날갯죽지 뼈는 독수리의 그것을 닮았다. 간결하고 여리고 강인하다. 매일 새벽, 이 사진 옆에 앉아 눈을 감고 있는 것으로 하루를 시작한다(책상에 앉으면 마주 보게 된다). 확연하나 애쓰지 않는 이 몸에서는 L 작가의 시리즈 제목이기도 한 'red'가 두드러지지 않는다. 그렇다고 팔과 다리가, 더욱 발끝이 두드러지지도 않는다. 저 균형은 무엇일까. 한동안 저 모습을 들여다보고 있으면 몸에서 긴장이 빠져나가고, 푸르스름한 배경은 안으로 한결 둥글어진다.

>

그리고 또 문득. 후배에게서 선물이 왔다. 루이

즈 부르주아의 작품이 그려진 색연필이다. 손가락은 당신의 손으로 하나씩 떼어야 한다는 듯이, 살색의 색연필은 모두 붙어 있다. 살색 위에는 세 개의 손이 그려져 있다. 모두 빨강이다. 핏빛이라고 해야 맞다. 서로에게 비교한다면, 조금 덜 빨간 손이 하나 있다. 어린 사람의 것처럼 서툴다. 이보다 조금 크며 검붉은 손. 팔꿈치 직전까지의 팔을 끌고 온 이 손은 조금 덜 빨간 손의 약지와 소지 사이에 검지를 놓고 있다. 그리고 이 손 옆으로 이 손과 닮았으나 정서가 조금 더 구불거리는 검붉은 손이 하나 있다. 이 세 손은 처음 보면 한 손에게 두 손이 말 건네는 것 같다. 다른 각도에서 보면 이제부터 대화해볼까, 그 시작인 것 같다. 모두 손가락은 다섯 개. 닿지는 않고 있다. 세 손의 만남을 여러 컷 찍었는데 찍힌 각도에 따라 다른 표정이다. 본 것은 살색인데 사진에는 흰색으로 나왔다. 핏빛 세 손은 한 밤 같다. 칠흑 속 같다. 여러 날을 곁에 두었는데 물인지 피인지 흘렀다. 그것이 마음이라고 부르는 곳, 마음이라는 움직임에서 나오는 것임을 느꼈다. 차마 이 손을 뜯을 수는 없어서, 헤어짐을 택하지는 못하겠어서, 서랍에 모셔두었다가 한 번씩 꺼내 들여다보고 있다.

>

또 문득. 우연성 안에서 영국 미술 작가 W와 콜라보를 하게 되었다. 그는 주로 원색으로 작업하는 팝아트 계열의 작가다. 최근 나온 시집 『사랑은 탄생하라』와 몇 편의 영어 번역을 보고, 동명의 제목('Let the love be born')으로 작업을 했다. 전시가 열리는 갤러리에 갔다. 한 점 작업한 줄 알았는데 두 점이 걸려 있었다. 두 작품 모두 입술이다. 하나의 입술. 윗니 네 개 정도가 보이는 입술이다. 입술과 입술 사방은 노랑과 초록과 파랑과 핑크다. 윗니가 아랫입술을 살짝 물고 있어 아랫니는 왼쪽만 보인다. 그 아랫입술 오른쪽으로는 파랑이 흘러나온다. 깨물고 있는 빨간 입술 아래로도 흘러나오는 빨강과 핑크. 그리고 그 아래 아주 작은 핑크 점. 입술을 문 상태에서 으 정도의 발음을 하는 듯하다. 또

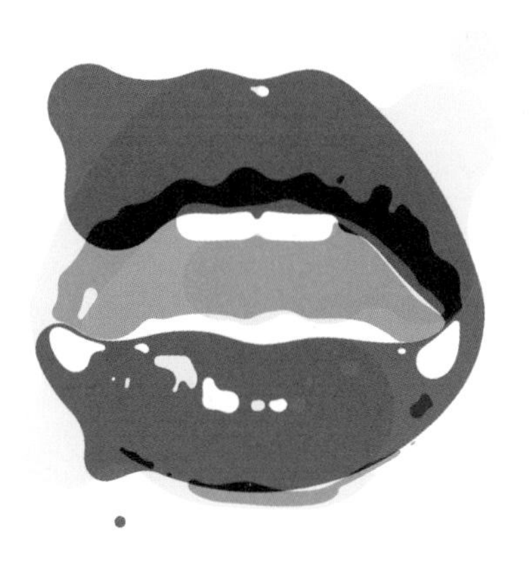

◀▲ Steven Wilson, *Let the love be born*

하나의 입술은 앞의 입술보다는 더 적극적으로 발음하는 입술이다. 그래서 오므라들어 있다. 예상치 못한 상황에서 나오는, 탄식이 섞인 아 정도의 발음을 할 때의 입술이다. 입술의 하양은 찢겨진 이미지로, 검정은 바싹 마른 심정의 이미지로 보이기도 한다. 두 입술의 공통점은 가장 작은 핑크 점이 있다는 것이다.

입술이라는 동일성 안에서도 두 입술은 아주 다르다. 입술은 여러 개구나, 한 사람이 한평생 쓰는 발음도 그러하겠구나 생각하게 되었다. W는 입술에 사랑이라는 하나의 입술은 다른 감각과 발음의 입술이 모여 벌이는 시간의 축제 같은 것이라는 의미를 담고 싶었던 것일까. 오로지 입술만 그리고, '사랑은 탄생하라'라는 제목을 붙인 것은, 입술이 사랑의 강력한 메타포라는 이유도 포함되어 있을 것이다. W는 빨강 입술을 지나 가장 작은 핑크가 되는 그 지점에서, 사랑은 탄생한다는 것을 보여주고 싶었던 것은 아니었을까.

>

입은 말하고 입술은 다문다. 입이 말할 때 입술은 다물고 싶다.

>

입과 말은 목 아래 넣어두기. 입술은 나타나기.

>

입술은 감각하고 감각은 사라진다.

>

감각은 피처럼 흘러야 한다. 그러기 위해서는 틈이 있어야 하고, 움직임과 멈춤은 서로 균형을 만들어야 하고, 고독은 높은 곳에 위치해야 한다.

>

낭패감에 휩싸이는 날이면 입술은 끌고 나온 탯줄이라는 생각이 든다. 탯줄로 내가 나를 감는 이상한 놀이를 한다는 생각이 든다. 입을 벌릴 때 그 탯줄로 만들어졌다는 것을 나는 알고 있는 것이 아닌가 싶어 입술을 깨물어본다. 잠시 진정이 되기도 한다.

>

잠들기 전 최종적으로 점검하는 것은 입술이다. 잠들지 않았을 때도 자꾸 벌어지니 잠들어 있을 때야 오죽할까. 그래서 자기 전 입을 꼭 다무는 습관이 있다. 그러나 잘 때 필요한 것은 잠 말고는 아무것도 없다.

>

슬프다. 돌이킬 수 없다.

>

매일 쓰는 커다란 잔에 물을 따랐다. 부서진 찻잎들이 떠올랐다 가라앉을 때까지 기다리는 데는 15초가 걸리지 않는다.

>

나는 입술과 입이 벌이는 경주 트랙이 둥글다고 느낀다. 높이는 체조 선수들이 사용하는 도마 정도이고, 발이 겨우 놓일 만한 은빛 철제로 되었다고 감각한다. 나는 거기를 미끄러워하며 도는 중이다. 원이라고 아니 원이 만들어지는 중이라고 믿고 있는데 자꾸 침을 흘린다.

>

말을 쏟을 때 말이 거슬러 올라온 것인지 느껴봐야 한다. 목 부근에서 나온 것이라면 시간이 지나면 사라질 감정이지 말로 만들어질 것은 아니었다.

>

입이 쓴 시였을까. 그렇다면 스미기 이전이었을 것. 입술이 갖추어지지 않았을 것이다.

>

입술. 닫으면 제로. 아 하고 열면 제로. 이 제로가

좋다.

입술을 열 때, 말이 되게 하려고 하면 어, 우, 으, 정확한 모양을 만들어야 한다.

>

제로. 이 단어를 발음하면 한 발로 멈춘다. 영. 길쭉한 동그라미로 선다. 달걀로 선다. 오도 가도 못하는 상태. 무너지지 않으려면 최상의 컨디션을 유지해야 한다. 최상의 컨디션은 모든 움직임에 고도의 집중을 하는 것. 점점 붉어진다면 투명해질 수 있다. 이것이 최선의 솔직함이다.

>

입술이 빨강에 가까워질 때까지. 나는 나로부터 멀어지기 위해, 나는 여럿이라는 항변을 하기 위해, 입술을 사용했다는 것을 알게 된 것은 최근이다.

>

"만나자. 당장. 너에게 들려주고 싶은 이야기가

있어."

"잠깐. 잠깐만. 미소 좀 준비하고."

>

아프다고 했는데 원래 아픈 거래요.
눈부시다고 했는데 똑바로 보래요.
똑바로 보자고 했는데 돌아가재요.
시끄러우면 시끄러워진대요.
정색하니까 얼굴 아니래요.
사람 얼굴은 어떻게 생겼나요.

지났어요.
여길 지나왔어요.
다 지나왔어요.

>

인간의 기준에서 봐서 삐뚤삐뚤 나뭇가지 눈 코 입.

늠름한 눈사람. 울었다면 잊었을 텐데. 울지 않아 잊히지 않는다.

>

그러나 다시.

빨강과 하양의 분탕질로부터.

홀림. 모두 없는 것이다.

>

레드. 팔다리가 달린 몸통이 왔다.

빨강. 손만 왔다.

입술. 가장 작은 점이 딱 하나 찍혔다. 얼굴이라는 사라지고 있는 허공에.

나는 나의 다정한 얼룩말

지은이 이 원
펴낸이 김영정

초판 1쇄 펴낸날 2018년 8월 31일

펴낸곳 (주) 현대문학
등록번호 제1-452호
주소 06532 서울시 서초구 신반포로 321(잠원동, 미래엔)
전화 02-2017-0280
팩스 02-516-5433
홈페이지 www.hdmh.co.kr

ISBN 978-89-7275-911-9 03810
978-89-7275-907-2 (세트)

* 책값은 뒤표지에 있습니다.